DE L'IMPRIMERIE DE A. BELIN,

Rue des Mathurins Saint-Jacques , n°. 14.

ALI PACHA,

OU

JÉROME L'ENFLÉ

AU PANORAMA DRAMATIQUE.

POT-POURRI.

PAR M. F. FOUGERAY.

PRIX, 5o CENT.

A PARIS,

CHEZ LE JAY, LIBRAIRE,

BOULEVARD DU TEMPLE, N°. 23.

1822.

ALI PACHA,

OU

JÉROME L'ENFLÉ

AU PANORAMA DRAMATIQUE.

POT-POURRI.

Air : *Ah! ah! ah! ah!*

Ah! ah! ah! ah! ah!
Ah! d'Ali Pacha,
Courons tous voir la fin tragique,
Ah! ah! ah! ah!
Pour Ali Pacha,
Courons tous au Panorama.

1.

Un beau soir j'lis sur l'affiche

Le grand nom d'Ali Pacha,

Pour voir c'te nouveauté-là,

De douz'sous n'faut pas être chiche,

Ah ! ah ! ah ! ah ! etc.

Air : *Du haut en bas.*

Au paradis,

Tout lestement d'abord je m'place

Au paradis ;

C'est là qu'on m'voit tous les lundis ;

Car tel tapage qu'l'on y fasse,

I'n' tomb'rien sur la populace

Au paradis.

Air : *Du Confiteor.*

Si j'savais mieux parler français,
J'vous cont'rais ça d'fil en aiguille ;
Mais, sus mon honneur, je n'connais
D'aut' académi' qu'la courtille.
Faudrait êt'un Cadet Buteux....
Pour vous dir' c'que j'ai vu d'mes yeux.

Air : *Ne disputons pas des couleurs.*

V'là qu'on lèv' la toile. Grand Dieu !
Chacun s'sauv' dans la plaine ;
On nous dit qu'la ville est en feu,
Qu'la résistance est vaine ;
Mais un malin leur dit à tous :
Pis qu'la ville est en cendre,

Vengeanc' du tyran , sauvez-vous :
Moi, j'vais ici l'attendre.

Air : *Silence ! silence !*

Assis! assis! assis! silence ;
V'là l'Pacha z'Ali qui s'avance ,
Escorté de tous ses soldats ;
Mais son cher fils, lui seul n'rit pas.

Air : *A la façon de Barbari.*

De mon triomph' tu n'es pas gai ;
Dis-moi z'en donc la cause ?
— De combattre j'suis ennuyé,
— C'nest pas ça, mais aut'chose ;
— Eh ben, c'est vrai ; j'suis amoureux.
— Comment, malheureux!
Vraiment c'est affreux!

Mais j'vais traiter cet amour-ci,

Biribi,

A la façon de Barbari,

Mon ami.

AIR : *Allez-vous-en, gens de la noce.*

Courez vite à la citadelle,

Dit not' héros à tous ses gens.

Mais toi, qui m'es toujours fidèle,

Reste ici! — C'est bon ; j'vous entends !...

— Tu connais c'te péronnelle

Qu'mon fils aime malgré moi ?...

Pour cet emploi,

Oui j'compt' sus toi.

Va-t'en vite m'prouver ton zèle,

J'te récompens'rai sur ma foi.

AIR : *Il était une femme.*

La v'là donc c't'innocente,

Qu'on veut , au fond d'un sac,

Sans aut' procès, jeter dans l'lac.

Tirant son grand cim'terre ,

Not'homme, bientôt après ,

L'envoyait *ad patres ,*   eh!....

AIR : *Ah, mon Dieu, que je l'échappe belle !*

Alte-là, dit not' amant qu'arrive,

Vit' hors de mes yeux

Monstre odieux,

Çà qu'on s'esquive ;

Oui , jamais

N'reparais sur c'te rive ,

Ou tu connaîtras ,

J'te l'dis tout net, c'que c'est qu'mon bras!...

AIR : *Alleluia !*

Te v'là , me v'là , dis'nt-ils tous deux ;

C'est toi , c'est moi , nous somm'z'heureux ,

Même en dépit d'not cher papa ,

    Alleluia !

AIR : *Mon galoubé.*

Ali Pacha

S'apprête à passer la rivière ,

Tandis qu'son cher fils reste là ,

Et qu'ses ennemis, qu'accourr'nt derrière ,

Lui dis'nt tu chant'ras d'laut' manière ,

    Alleluia !

    Alleluia !

Ah ! ah ! ah ! ah !

Ah! d'Ali Pacha,

Courons tous voir la fin tragique,

Ah ! ah ! ah , ah!

Pour Ali Pacha,

Courons tous au Panorama.

Air : *La Passion de Jésus-Christ.*

J'apercevons un rich' palais

Ou'sque partout l'or brille;

Un' maman nous cont' ses regrets

Sur son fils et sa fille :

— D'une bell' oui, j'échapons, grands dieux!

Lui dit son fils, tout blême ;

V'là pourquoi j'arrive en ces lieux

Comme mars en carême.

AIR : *Ça n'dur'a pas toujours.*

Mais quoi, ma bru, tu pleure
Quand j'veille sur tes jours :
Ali m'a dit qu'à c't'heure,
La guer' n'aurait pus d'cours.
— Ça n'dur'a pas toujours, etc.

AIR : *J'arrive à pied de province.*

V'là z'un soldat qui s'avance
D'un air mystérieux ;
Un aut' lui dit, z'en silence :
Dis-moi c'que tu veux ?
— Pisque personne n'nous r'garde,
J'te dirai, l'ami,
Que d'mon fer, jusqu'à la garde,
J'veux percer z'Ali.

AIR : *De la cafacoua.*

Mais quoi, pour c'te belle équipée,
Est'ce que t'irais fair' queu'qu' façons?
— Moi? non, j'te l'jur' par mon épée;
Tu m'séduis, j'veux suiv' tes leçons.
— J'te r'connais à présent : d'avance
J'étais sûr de t'trouver bon là.
Ali Pacha
Bientôt verra
Tout c'qu'on y gagne à nous traiter comme çà,
Et, dès ce soir, faudra qu'il danse,
Pour venger le feu d'Janina.

AIR : *Au coin du feu.*

V'là-ty pas qu'la jeun' dame
Vient d'entend' tout c'qui s'trame

Dans c'beau moment.

Ell' court comm' un' levrette

Conter tout en cachette

A son amant.

AIR : *Promettre et tenir sont deux.*

L'Pacha, suivi d'son cortége,

A not'homm' vient dir' deux mots :

J'suis content ; tiens, prends un siége,

Bientôt s'termin'ront tes maux....

J'te promets monts et merveille....

Mais son ami dit tout bas :

Si ça t'entre dans l'oreille,

Crois-le ben, mais n'ty fie pas !

AIR : *de Carabi.*

V'là la fêt' qui commence,
Et chacun reste là ;
Mais l'Pacha
Avait donné d'avance
L'ord' à son aid'-de-camp,
· Sur-le-champ,
De tuer, sans quartier,
Un vieux prisonnier,
Au lieu de l'renvoyer.
C'n'est pas l'moyen (*bis*) de ben nous égayer.

AIR : *Tous les bourgeois de Chartres.*

Mais tout à coup une dame
Accourt en doublant l'pas.

Quoi! dit-el', c'est infâme !

Ali , tu n'rougis pas ?

Encor un mort de plus; oui, c'est abominable.

Eh bien, dit Ali, c'est comm' ça

Que doit se venger un pacha.

Vous aut', allez au diable.

AIR : *Mon beau château.*

Tu nous païras ça ,

Se dis'nt'tout bas nos deux braves ;

Tu nous païras ça ,

Dès ce soir, maudit Pacha.

Toi, cours de ce pas ,

Surtout prends garde aux entraves ;

Toi, cours de ce pas

Avertir tous tes soldats.

Air : *M. l'abbé, où allez vous ?*

Où courez-vous comm' ça, l'ami ;
Vous n'avez pas l'air endormi.
Papa, plus de mystère. — Eh bien ?
  Ces deux gens voulaient t'faire...
  Vous m'entendez bien.

Air : *Va-t-en voir s'ils viennent.*

Ainsi parla not' amant
  Qui savait l'affaire ;
Et son pèr', dans l'mêm' moment,
  Dit d'un air sincère :
Mon fils, pisque c'est comm'ça,
  V'là ton accordée.
— Quelle bonne idée il a,
  Quelle bonne idée !

Air : *En revenant de Bâle en Suisse.*

Ali s'tournant vers l'aut' rebelle ,
L'apostrophe en d'mandant son nom.
— Tu veux savoir comment j'm'appelle ?
J'suis un tel !... — Je n'te dis pas non ;
J'connais ta famille ;
Tout n'est pas perdu.
Tiens , voilà ta fille ,
Cell' qui t'a vendu !

Air : *De la croisée.*

Ciel! dit c'bon papa, j'n'y tiens pas ;
Ma fill' te v'là donc dans mes bras :
O comm' tout ça m'étonne!
Je veux de plus , lui dit Ali ,

De suit' que tu partes d'ici.

— C'n'est pas là c'qui m'étonne !

AIR : *V'là ce que c'est d'aller au bois.*

Ecout', dit l'Pacha , c'que j'te dis :

J'veux marier ta fille à mon fils.

Dis-moi donc d'suite c'que t'en pense.

    — Plutôt la potence

    Que d'voir cette alliance.

— Eh bien, pisque tu fais l'méchant,

Tu verras si j'suis un enfant.

AIR : *Tonton , tontaine , tonton.*

O toi, l'héritier de ton père !

Ecoute aujourd'hui ma leçon,

    Tonton, tontaine, tonton ;

De la Grèce fais un cim'tière,

Comm' mes aut' fils soutiens mon nom,

Tonton, tontaine, tonton.

AIR : *Du haut de la montagne.*

V'là qu'sur cette entrefaite,

D'Constantinop' arriv' l'estafette,

Qui dit qu'on fait un' fête ;

Qu'à la Port' ses deux fils

Sont occis.

Vraiment, lui dit Ali,

J'nattendais pas c'tour-ci.

Va-t'en dire à ma femme

C't'affreus' nouvel'là ; car, sur mon âme,

Je n'rêv' que fer et flamme,

Et j'n'ai pas l'temps d'pleurer,

Ni d'crier !

Ah ! ah ! ah ! ah !

Ah, d'Ali Pacha,

Courons tous voir la fin tragique,

Ah ! ah ! ah ! ah !

Pour Ali Pacha,

Courons tous au Panorama.

AIR : *De Marlborough.*

J'voyons un' citadelle

Ou'sque not' amant pleur' sa belle ;

Un serviteur fidèle

Vient aussitôt exprès.

— Tu vois, j'suis aux arrêts ;

— J'en ai ben des regrets.

J'apporte la nouvelle

Que les deux brav' et votre belle

Sont dans une tourelle . . . . .

Mais vot' père est ben près . . . .

Air : *Çà Guillot , sans détour.*

Mon fils, as-tu du cœur?

Réponds-moi de bon' grâce ?

Car tout' la populace

A déjà fait rumeur.

Sur cela, je t'en prie ,

Réponds z'à ton papa :

Tiens-tu bien à la vie ?

— Comme ça.

Air : *De Sargines.*

J'crois ben qu'mon empire est flambé ;

C'est pourquoi j'voulais t'dir' queuq'chose :

Pi'que mes deux fils ont succombé ,

Tu me restes seul.... Mais je n'ose.

Si l'ennemi vient en ce lieu.....

— Achevez ; dit' moi c'qui faut faire.

— A l'arsenal rends-toi! — Grand Dieu !

— Par mon ordre t'y mettras l'feu.....

Tu m'obéiras ?.... — Oui, mon père.....

AIR : *Jeunes filles, jeunes garçons.*

Ah, ç'en est fait, j'suis résolu

D'sauver ma mère et ma maîtresse.

Tâchons surtout, avec adresse,

D'ben leur cacher c't'ordr' absolu.

Nous nous r'verrons, j'espère.

Pourtant c'est guignonnant

De mourir à présent,

A cause qu'on est l'enfant

De son père.

AIR : *Traitant l'amour sans pitié.*

Tout à coup v'là qu' sa maman

Vient l'voir avec sa maîtresse ;

Il leur dit avec tendresse :

J'n'vous donn' qu'un p'tit moment ;

De grâc', sauvez-vous tout d'suite ;

Cet homm' vous f'ra la conduite ;

Vers la mer prenez la fuite ,

Et munissez-vous de biscuits :

Pour moi , je m'charge du reste ;

J'suis d'planton ici.... J'en peste !...

Mais courez vite , j'vous suis.

Air : *Encore un quart'ron , Claudine.*

Voyez donc qu'eu mystère

Pour nous faire en aller,

Dit la belle en colère;

Je n'os' pas lui parler.

Il nous fait aller,

Ma mère,

Il nous fait aller.

Air : *Tout le long le long.*

Le Pacha survient tout à coup ,
Les révoltés l'suiv' à pas d'loup ;
Puis après la clameur augmente :
Si c'est mon magot qui vous tente ,
Dit en souriant c'bon Pacha ,
Allez , mon fils vous f'ra voir çà.
Sachez qu'Ali n'y va pas de main morte ,
Et j'veux vous l'prouver, ou le diable m'emporte,
J'veux l'prouver, ou le diable m'emporte !

Air : *Au clair de la lune.*

Dans l'magasin d'poudre ,
Ou'sque tout est noir,
Le fils vient s'résoudre
A mourir ce soir.

Il dit qu'pour la gloire

Il vers'ra son sang ;

Tout c'que j'en peux croire,

C'est qu'il n'est pas blanc.

AIR : *Notre meunier chargé d'argent.*

Tout à coup dans c't endroit maudit

Arrive la d'moiselle ;

— A not'maman j'avais ben dit

Qu' tu nous la donnais belle.

Je n'te quitte pas (*bis*), j'veux t'suiv' partout.

— Tu n'crains donc pas la mort? — Du tout !

—Ma bell', si tu voulais, si tu voulais m'en croire,

Ne viens pas, ne viens pas dans c'te forêt noire.

Air : *Lise épouse l'beau Gernance.*

Bon dieu, bon dieu ! qu'eu tapage !
Les révoltés sont en nage.
L'fils d'Ali leur dit alors :
J'vais vous livrer nos trésors.
Là-d'sus il prend une chandelle
Afin d'leur fair' voir plus clair....
Et sans sa mère et sa belle....
Tout allait sauter en l'air.

Air : *Du pas redoublé.*

Tu m'fais r'culer pour mieux sauter,
Dit-il à l'instant même.
Oui, maman , tu dois l'emporter....
Je meurs.... Mais fuis toi-même !...

Il disait vrai, car aussitôt

L'Pachâ suivait ces dames,

Et patatras, l'on vit bientôt

La citadelle en flammes.

AIR : *Dies iræ.*

Il n'est donc plus, ce pauv' Pacha,

Et le vainqueur nous dit : voilà,

A tout tyran qui nous liv'ra.

FIN.

9 782019 257729